LES MÉMOIRES

DU

BAL MABILLE

PARIS

CHEZ TOUS LES LIBRAIRES

—

1864

LES MEMOIRES

DU

BAL MABILLE

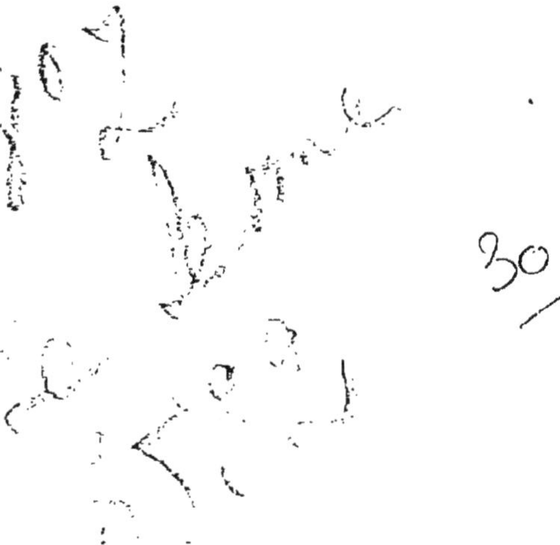

Paris.—Imprimé chez Bonaventure et Ducessois,
quai des Augustins, 55.

LES MÉMOIRES

DU

BAL MABILLE

PARIS

CHEZ TOUS LES LIBRAIRES.

1864

LES MÉMOIRES
DU
BAL MABILLE

CHAPITRE PREMIER.

GENÈSE.

I

En ce temps-là, les Champs-Elysées, noyés dans la vapeur de l'éloignement, avaient pris, aux yeux des habitants du reste de *la capitale,* l'aspect antipodique des terres australes d'où Cook et La Peyrouse ne sont jamais revenus.

Dans la journée, c'était bon encore : voici tantôt un siècle que le trait d'union de trois lieues qui relie le moulin de Longchamp à la terrasse des Tuileries sert de promenoir à toutes les opulences et à toutes les oisivetés, à tous les luxes et à tous les vices.

Et *le Tintamarre* n'était pas né qu'Odry avait déjà écrit sur l'album de Jenny Vertpré :

« *On aime* A VOIR *ce qu'on ne peut* AVOIR. »

Or, Paris aime *à voir* les chevaux et les équipages.

On trouvait donc, l'après-midi, force flâneurs dans la grande avenue, — de la grille d'octroi de l'Étoile aux fossés de la place de la Concorde et au poste du Pont-Tournant.

Dans les massifs du carré Marigny, des bonnes d'enfants promenaient des militaires.

Et les petits rentiers désœuvrés, tout en prenant un bain de soleil, regardaient çà et là tourner les carrousels ou écoutaient le boniment des escamoteurs enroués.

Cette occupation valait, au demeurant, celle de faire des ronds en crachant dans un puits ou de se poser des sangsues.

D'ailleurs, l'autorité a supprimé les puits, et les sangsues coûtent *trente-cinq centimes* pièce...

*
* *

Le dimanche, les jeunes courtauds de boutique venaient promener aux Champs-Élysées leurs maîtresses neuves.

Et les bourgeois de la rue Saint-Denis s'y miraient avec ivresse dans les bourgeois de la rue Saint-Martin...

*
* *

Oui, mais le *Retour du bois*, —cette *Descente de la Courtille* du monde élégant,— finissait à quatre heures en hiver. à huit heures en été.

Il fallait voir comme badauds, marchands, calicots, soldats, saltimbanques, tout cela s'envolait à tire-d'ailes, sitôt que tombait la première ombre!

Puis, quand la nuit s'était glissée à travers les grands arbres qui couvraient d'une forêt échevelée et touffue les espaces où se sont élevés depuis le Palais de l'Industrie, le Panorama, le Cirque de l'Impératrice et le théâtre de M. Bourgoin...

Quand une obscurité profonde ouatait les allées désertes et les quinconces solitaires...

Quand, dans la brume épaisse et mystérieuse, se charbonnait de loin en loin la mèche rougeâtre d'un réverbère embarrassé...

Alors, oh! alors celui-là eût passé pour fort, —*illi robur et æs triplex!*— qui eût osé s'aventurer, de dix heures du soir à quatre heures du matin, entre l'arc-de-triomphe de Rude et les chevaux de pierre de Coustou!

*
* *

Un instant Musard père avait galvanisé les Champs-Élysées en établissant, dans l'été de 1833, ses premiers concerts entre la place de la Concorde et le *Café des Ambassadeurs*.

Tout Paris était venu y applaudir l'*Espagnol* et la *Chaise cassée*, — deux quadrilles comme n'en feront jamais Strauss, Arban et M. Musard fils.

Mais, aux approches de l'hiver, le maestro avait transporté ses musiques rue Saint-Honoré d'abord, et ensuite dans ce fameux local de la rue Vivienne, où la génération qui nous a précédés se rappelle avoir vu Barbey d'Aurevilly inaugurer les bals masqués en pêcheur napolitain...

*
* *

Connaissez-vous l'anecdote caractéristique de la rencontre, aux Champs-Élysées, de Gérard de Nerval et d'un *pauvre ouvrier sans ouvrage*, cette anecdote que le pauvre Gérard contait si bien ?

—Non.

—Alors je ne vous la conterai pas. Demandez-la à M. About, qui a écrit *Le cas de M. Guérin*.

*
* *

A l'époque où s'ouvre ce petit livre, l'Allée des Veuves était considérée comme le rendez-vous de tous les « *pauvres ouvriers sans ouvrage.* »

II

L'esprit des frères Mabille planait sur ce chaos...

*
* *

Mabille père, *maître à danser* en vogue sous l'Empire et la Restauration, avait appris à nos ancêtres *la Monaco*, *la Ga-*

votte, l'Anglaise et *la Trénis*,— chorégraphies naïves et innocentes.

Il donnait ses leçons dans un salon de l'hôtel d'Aligre, rue Saint-Honoré.

Pour former ses élèves, qui tous appartenaient au meilleur monde, il les réunissait chez lui certains jours de la semaine. Ces soirées étaient toutes cérémoniales. On n'y était admis que sur lettre d'invitation, et nul n'eût osé s'y présenter autrement qu'en habit.

Bientôt ces réunions dansantes eurent un tel succès que le professeur dut les transformer en un bal public.

Plus tard, ayant acheté, dans l'Allée des Veuves, une partie du terrain qu'occupe aujourd'hui l'établissement qui porte son nom, il y fonda un petit bal d'été qui donna quelque animation au quartier.

Le prix d'entrée était fixé à *cinquante centimes*; les quadrilles se payaient à part; on dansait le dimanche, le lundi et le jeudi.

Mabille père ne songeait nullement à faire concurrence aux deux établissements alors en renom dans une société et un genre tout à fait différents :

Le Ranelagh au bois de Boulogne,

Et la Grande-Chaumière au boulevard Montparnasse.

*
* *

Heureusement le professeur était doublé de fils qui possédaient de l'initiative à revendre à leur père.

L'un servait avec distinction dans le bataillon chorégraphique de l'Opéra.

Un autre, —Victor,— roulait avec les marges de son Code ces *Cigarettes* dont nous avons tous savouré la bonne humeur et la grâce tendrement ironique.

Cet aimable garçon, ce charmant poëte, faisait son droit à ses moments perdus.

Déjà travaillé par cet esprit d'entreprise qui, dans les derniers temps de sa vie, devait exercer sur sa santé mentale une si désastreuse influence, Victor Mabille imagina de soustraire la jeunesse contemporaine à la tyrannie du *père Lahire*, —cet autocrate qui a gagné une fortune à élever les célébrités de la médecine et du barreau actuels dans la crainte de son ventre omnipotent et le respect de son habit bleu à boutons d'or.

*
* *

Dans ce but, il obtint d'abord de son père la suppression du *donneur de cachets*, qui percevait des danseurs la rétribution de chaque quadrille, et dont les aboiements : « *En place! Un vis-à-vis!* » n'ont plus guère cours que dans les bastringues de barrière.

Il insista ensuite pour que l'on dansât le samedi, jour quasi aristocratique, au lieu du lundi, jour exclusivement bourgeois et ouvrier...

L'impôt de *vingt centimes*, exigible pour chaque quadrille, fut aboli, et le prix d'entrée fut élevé de *cinquante centimes* à *deux francs*.

Le bal s'ouvrit le mardi dans les mêmes conditions que le samedi.

Enfin, un beau matin du mois de décembre 1843, les habitants de l'Allée des Veuves virent avec stupéfaction une armée d'ouvriers envahir la propriété de Mabille père...

Celui-ci regarda tristement donner le premier coup de pioche.

Puis il dit, avec un soupir, aux voisins qui l'interrogeaient :

—Mon fils Victor mourra fou.

Le digne homme ne se croyait pas si bon prophète !

*
* *

Au printemps de 1844, les travaux de remaniement furent terminés.

Le bruit se répandit alors dans Paris qu'*un bal public allait être* ILLUMINÉ AU GAZ comme une fête du gouvernement!!!

Telle était, en effet, l'enfance du luxe, à cette époque, que, le Ranelagh excepté, les jardins disgracieux et les salles enfumées n'étaient guère éclairés que par de modestes quinquets suspendus au plafond ou accrochés aux arbres. La Chaumière, qui s'était payé des lampions, passait pour un *temple de lumières!*

L'*affaire était sur ses pattes*, comme on dit en argot de coulisses et de coulissiers.

Il ne s'agissait plus que de la *lancer*.

Victor Mabille se chargea de ce soin.

Dans ce grand art du *puff* et de la *réclame*, — si illustré, si perfectionné de nos jours par les frères Lionnet, les Judith Derosne, les Offenbach et les Marc Fournier, — son début fut un coup de maître.

Des affiches-monstres, — mode de publicité jusqu'alors réservé aux théâtres, —enfoncèrent les éperons de la curiosité dans le ventre des populations.

Tous les *Pieds qui r'muent* célèbres du Ranelagh, de la Chaumière, du Prado, de la Chartreuse, du Vauxhall, de Montesquieu, de la salle Bréda, des bals Molière et du Saumon, voire même des Acacias, de l'Hermitage d'été et de l'*Astic*, furent embauchés, — ou débauchés, comme on voudra.

POMARÉ et PRITCHARD, qui avaient pris leurs noms *de danse* de deux actualités politiques dont la France entière s'occupait ;

MOGADOR, que le canon du prince de Joinville venait de baptiser;

CLARA, qui avait ouvert un cours de *polka « à l'usage des jeunes gens de famille,»* dans un cabinet situé au sixième étage d'une maison de la rue de Provence;

CHICARD, dont le bal excentrique

avait attiré tout Paris à la barrière du Maine ;

Brididi, auquel le Château-Rouge dut plus tard sa vogue éphémère ;

Tout ce *sextuor* enfin, —dont il reste à peine un *duo*,—promit d'honorer de ses cabrioles la soirée d'inauguration de Mabille restauré et embelli.

*
* *

La cour et la ville se portèrent en masse à cette solennité.

Je dis *la cour*, et je ne m'en dédis pas.

Les ducs d'Aumale et de Montpensier vinrent plusieurs fois batifoler incognito sous les palmiers de zinc du nouveau jardin.

III

La presse est l'état civil du succès.

Victor Mabille songea à lui demander la constatation du sien.

*
* *

Ce n'était pas une mince affaire.

Jusqu'à ce moment, aucun journal n'avait osé patronner de sa publicité un établissement d'amusement public dans le genre de celui de l'Allée des Veuves.

Le Pavillon d'Armenonville, le Casino et le grand café du Dix-Neuvième siècle n'existaient point, — non plus ce livre d'or des drôlesses qui s'appelle *Paris effronté*, et qui n'a pas volé son nom.

En l'absence du *Figaro*, devinez à qui Victor Mabille s'adressa?

Au *Constitutionnel*.

Vitu va être diablement scandalisé !

*
* *

Ce fut M. Charles de Boignes qui se chargea d'attacher le grelot.

Il l'attacha... au cou de la reine Pomaré.

Le lendemain de la publication de son feuilleton, MABILLE VIVAIT.

—

CHAPITRE II

LORETTE.

Mais ce ne furent pas seulement les merveilles improvisées par Victor Mabille,

Ni la rencontre des têtes et des jambes couronnées dans les parterres aux fleurs de feu,

Ni les fanfares de la réclame organisée et sonnant plus haut ses appels que toute la meute des cuivres de Pilodo,

Ni la badauderie des Parisiens, ces *inassouvis* de la nouveauté,

Ni l'esprit de M. de Boignes, un chroniqueur dont seul peut-être j'ai retenu le nom,

Qui firent au jardin de l'Allée des Veuves ce succès soudain, inespéré, continu, —cette vogue sans cesse renaissante qui bravera la pioche des démollisseurs, — ces fêtes remplies de flammes, de bruit, de mouvement, de parfums, d'harmonies, d'éblouissements, d'illusions,

Qui menaient avec ivresse
A des jours pleins de paresse,
A des nuits pleines d'amour...

Non!
La marraine de Mabille, et sa mère,
Son démon gardien,
Sa fée,

Son âme,
Son génie,
Ce fut :
LA LORETTE.

*
* *

Comme Vénus Aphrodite de l'écume des flots, la Lorette était née de la buée des plâtres malsains, là-haut, dans les quartiers bâtis en torchis élégant, la Petite-Pologne des femmes.

Roqueplan s'était fait son parrain; Balzac, son historien; Gavarni, sa marchande de mots et de modes.

Coquardeau avait relié en palissandre cet exemplaire de *l'Arétin français*, revu, corrigé et considérablement augmenté, qu'Arthur feuilletait gratis.

Tout le monde l'adoptait.

Elle sentit le besoin d'adopter quelque chose.

Elle adopta Mabille.

Aussi bien, il fallait une voiture de

quarante sous pour arriver au Ranelagh!...

*
* *

La Lorette entraîna Arthur et Coquardeau dans le sillage de sa robe de soie.

Au bras de Coquardeau, elle mangea, à Mabille, des sucres d'orge, des bouquets, des bavaroises, des gâteaux, des illusions et des pièces de cent sous.

Elle polka, mazurka et redowa sur le sein d'Arthur.

Paris, la France, l'Europe et l'univers voulurent lui voir prendre sa pâture et son plaisir.

Le roi lui-même lui sourit paternellement par la bouche de M. de Rambuteau, son préfet.

Celui-ci s'en vint, un soir, à Mabille, causer avec la Lorette des petites affaires du gouvernement, et lui recommander la candidature de certains députés du centre...

Il est vrai que le lendemain Barthélemy, dans son *Zodiaque*, lui découpla aux jambes une meute de vers qui donnaient de la voix et des dents!...

En ce temps-là, Barthélemy était républicain et moraliste.

*
* *

MABILLE est le VALHALLA de la Lorette.

—

CHAPITRE III

BALLADE DES DAMES DU TEMPS JADIS.

I

Nadaud l'a versifiée, —sur un motif de Pilati, — cette complainte immortelle!...

POMARÉ, MARIA,
MOGADOR et CLARA,
A mes yeux *enchantés*,
Apparaissez, *belles* divinités!

*
* *

C'était, somme toute, une assez laide fille que la première de ces *belles* divinités, —Rose Sergent, dite, d'abord, *Rosita*, du titre d'une valse de Philiberti, signée par Jullien, puis sacrée

Reine Pomaré

en *blague* des petits événements politiques de l'époque. Ses traits mal équarris et sa charpente osseuse, conservés dans une vignette fort ressemblante de Bertall, ne nous la montrent pas d'une *coupe*, d'une *élévation* et d'un *plan* très-ravigotants ou très-incisifs. Une seule chose pimentait cette vulgarité : c'étaient des hanches dont l'ampleur a été soulignée par le poëte d'un quatrain sans feuille de vigne...

Ah! cambre-toi, ma superbe sultane,
Et, sous les plis que tu sais ramener,

Fais ressortir ce vigoureux organe
Que la pudeur me défend de nommer.

*
* *

Le duc de Montpensier avait désiré que la reine Pomaré lui fût présentée dans le silence du cabinet.

La « cérémonie faite, » quelqu'un demanda au prince ce qu'il pensait de la plastique de cette majesté de bastringue.

—Ma foi, répondit le fils de Louis-Philippe, si j'étais à sa place, ce n'est pas par devant que je mettrais mon corset.

*
* *

Une maladie de poitrine prit la reine Pomaré, au détour d'un quadrille...

Les médecins lui ordonnèrent l'Italie...

Et elle s'en fut expirer sous les étoiles parfumées du ciel napolitain...

Celle-là est la mieux morte de toutes!

II

Tous ces astres en pied de Mabille s'étaient allumés de l'autre côté de l'eau.

Maria,

entre autres, grisette du faubourg Saint-Jacques, avait débuté par *faire poser* les étudiants à la Chaumière, à la Chartreuse et au Prado.

Les étudiants de ce temps-là avaient oublié d'être bêtes.

Quelques étudiants de ce temps-ci ont réparé cette négligence.

Un des poursuivants de Maria résolut de venger le Droit et la Médecine humiliés.

Une nuit d'hiver, au sortir d'un bal masqué du Prado, il invita la fillette et deux de ses amies à venir souper dans sa chambre...

Il emmenait deux de ses camarades, —naturellement.

La proposition fut accueillie avec enthousiasme; on devait ouvrir la séance par des crevettes et du chablis.

*
* *

L'amphitryon habitait rue Soufflot,— au troisième,— au-dessus d'un boulanger.

On arrive à la maison...

L'étudiant pousse un cri de désespoir!

Croiriez-vous que son propriétaire,— le boulanger,— est déjà sur pied, à deux heures du matin!

A l'endroit du beau sexe, ce Philistin est inflexible!...

Et, comme son fournil commande l'escalier, pas moyen de passer un jupon en contrebande.

*
* *

Désolation à grand orchestre.

Tout à coup, l'amphitryon se frappe le front.

—Mes enfants, j'ai une idée...

—Laquelle?

—Levez la tête...

—Ça y est.

—Qu'est-ce que vous voyez?

—Parbleu! répond Maria de mauvaise humeur, nous voyons un ciel enrhumé du cerveau, qui va cracher de la neige ou éternuer de la pluie, — une pituite bien agréable!...

—Mesdemoiselles, l'appétit vous aveugle. N'apercevez-vous pas là-haut, au-dessus de ma chambre, à la fenêtre du grenier, cette poulie, cette corde et ce vaste panier?

—Eh bien?

—Eh bien! mon boulanger de propriétaire se sert de tout cela pour monter sa farine, son bois et son charbon... Comprenez-vous?...—Non?—Alors, permettez que j'allume un bec de gaz dans votre intelligence...—Moi et mes amis, nous rentrons. Vous restez, vous, ici, sans souffler mot, et vous attendez... Une fois dedans, mes deux amis grimpent au grenier, et, à l'aide de la poulie, descendent le panier; vous vous y installez, nous le remontons, on vous arrête en face de ma croisée, je suis sur le balcon pour vous offrir la main, vous enjambez, et nous voilà tous les six réunis dans la salle du festin...—Qu'est-ce que vous en dites, mes anges?

*
* *

D'abord, ces demoiselles se cabrèrent en chœur.

La chose était absurde, idiote, insensée, impossible!

Puis, comme il commençait à pleuvoir, on commença à réfléchir.

L'ascension ne pouvait présenter aucun danger; les jeunes gens avaient bon bras, bon œil; et, quant à la poulie, à la corde et au panier, ils devaient avoir été éprouvés depuis longtemps par un poids infiniment supérieur...

—J'avais oublié d'ajouter, dit l'amphitryon, qu'après les crevettes et le chablis il y aura de la galantine truffée et du champagne.

—Du champagne! s'écria Maria, je me décide!

*
* *

Moins de dix minutes après, le panier s'enlevait, — s'enlevait lentement, — emportant les trois grisettes cramponnées...

Il dépassa les deux premiers étages de la maison...

Ensuite, il s'arrêta subitement...

Ces demoiselles levèrent la tête...

Les étudiants avaient disparu.

La poulie avait cessé de marcher.

La corde, fixée à son crochet, retenait le panier immobile.

Tout s'éteignit.

Les fenêtres se fermèrent.

Et un long éclat de rire ironique répondit seul au cri de détresse des fillettes épouvantées.

*
* *

Au matin, un immense rassemblement de *citadini* et de *contadini* s'était formé devant la boulangerie de la rue Soufflot.

A vingt ou trente pieds au-dessus des nez en arrêt de la foule se balançait un panier contenant un trio de femmes à demi mortes de faim, de froid, de honte et de frayeur.

La garde accourut, qui délivra les victimes au milieu d'un tonnerre de risées et de huées...

*
* *

Cette aventure avait amplement défrayé le vaudeville, la caricature et chanson.

Aussi Nadaud fredonne-t-il, avec plus de ràison que de rime :

MARIA, passe l'eau,
Laisse là ton Prado !
Prodiges superflus !
L'étudiant, hélas ! ne donne plus.

Mise à la mode par une paire de grands coquins d'yeux à la Congrève, qui ont inspiré au poëte cette strophe d'un lyrisme évaporé :

Que j'aime autour de ta prunelle noire
Ce cercle bleu tracé par le bonheur,
Disque d'azur qui garde la mémoire
Des amoureux effacés de ton cœur !

Maria représenta l'aristocratie *lorettière* à Mabille...

Longtemps, avec des ruissellements de perles et les airs souverains d'une marquise d'autrefois, on la vit traîner sa robe à queue par les allées obscures, qu'elle éclairait de sa splendeur...

Puis, diamants et beauté s'éteignirent sous une rafale de la *déveine*.

Voici bientôt trois ans, Maria écrivait dans un journal :

« *Je n'en suis pas précisément réduite à demander l'aumône.* »

Ce à quoi un journaliste ajoutait :

« *Oui, mais la pauvre fille en est parfaitement réduite à la recevoir.* »

III

MOGADOR.

Je ne me ferai point le Volney de ses *ruines*.

Aussi bien, la brune Céleste a écrit d'elle-même plus de mal dans ses *Mé-*

moires que je ne saurais en faire tenir en ce petit volume.

Aussi me garderai-je de les citer. Je me borne à laisser Nadaud chanter :

Dans ton rapide essor,
Je te suis, MOGADOR...
. . . .

En te faisant si belle d'élégance,
Ton père eût dû songer en même temps
A te doter d'un contrat d'assurance
Contre LA GRÊLE et *d'autres accidents !*

Bah ! *la grêle !...*
Elle va si bien à... Alphonsine !

IV

Combien je préfère vous parler de

CLARA FONTAINE,

une bonne grosse fille qui n'a pas commis, elle, de feuilletons scrofuleux, de livres en patois, de vaudevilles abrutis et de *réclames* à double face. Toutes deux idiotes!...

De même que Maria introduisit la *mazurka* à Mabille, Clara avait importé la *polka* à la Chaumière :

O charmante CLARA,
Professeur de *polka*,
J'aime mieux les ébats
Et les leçons que tu n'affiches pas.

. . . .

Oui, tu vivras autant que la Chaumière;
Oui, sur l'airain ton nom se gravera;
On a bien fait la fontaine MOLIÈRE,
Je te promets la fontaine CLARA.

Hélas!

Molière abreuve les seaux des Auvergnats, au coin de la rue Richelieu...

Et Clara attend encore, —peut-être à

six pieds sous terre,— le monument promis par Nadaud!

En revanche, on m'assure que Paul Avenel ne parle d'elle qu'avec un mâle attendrissement.

Ce culte du passé honore l'écrivain qui a doté la littérature contemporaine du *Pied qui r'mue* et de *la Belle Polonaise*.

*
* *

Clara Fontaine resta *carabine* jusqu'à la fin.

Au temps de sa plus grande fortune, elle avait conservé dans la conversation les *formules* scientifiques avec lesquelles les rapins de la médecine avaient *soigné* ses jeunes ans.

A Mabille, un soir, le prince de C... disait à une danseuse :

—Aimez-moi , aimez-moi , ô Blanche!...

—*Eau blanche!* interrompit brusquement Clara, tu ne pourrais donc pas dire *extrait de saturne*, animal !

*
* *

Qu'est devenue Clara Fontaine?

Je l'ignore... hermétiquement.

Elle s'est amusée : voilà.

Quand les Cydalises du *cancan* se sont bien amusées, elles cèdent la place à d'autres. Leur retraite ressemble à celle de Russie : la nappe de neige de l'indifférence les recouvre petit à petit, —la fatigue les prend, —elles s'endorment; —tout est fini !

L'assistance publique, si soucieuse à Paris des souffrances privées, ne s'est pas assez inquiétée de ces vieux débris, sinon *de gloire*, du moins *de plaisir*...

Elle aurait pu fonder pour eux, dans un coin éloigné de l'Allée des Veuves, un hôpital quelconque qui se serait appelé INSTITUTION ou ASILE, afin de ménager leur amour-propre, et qui aurait porté cette enseigne :

HOTEL DES INVALIDES DE LA CHORÉGRAPHIE

Ernest Blum y aurait retenu un lit pour Rigolboche...

Il est vrai que le duc de F... J... a fait à celle-ci *quinze cents livres de rentes.*

Mais elle a des goûts dispendieux :

Elle adore la marée.

CHAPITRE IV

NOUVELLES DYNASTIES.

I

Prenez les hommes d'État à la queue leuleu, —depuis Joseph Prudhomme, *ministre des fourrages*, jusqu'à M. le marquis de B..., — sourire d'une grave assemblée...

Tous vous répondront, avant même que vous les ayez interrogés:

« *Les révolutions sont la mort des affaires.* »

Celle de Février tomba au milieu des joies de Mabille comme le psaume des moines dans la coupe des convives de *Lucrèce Borgia*.

Paris ne dansa plus que *la Carmagnole* : vive le son du canon !

La Lorette resta sans ouvrage...

Plus sage que les ateliers nationaux, elle ne fit ni échauffourée de mai, ni insurrection de juin.

Elle se borna à protester.

Nadaud déposa deux pétitions sur le bureau de la Constituante et de la Législative.

La Chambre répondit qu'elle mettait de côté ses *vingt-cinq francs* pour acheter des maris à ses filles, et passa à l'ordre du jour.

*
* *

Ce chômage de la galanterie dura trois ans.

Arthur était sous-préfet en province.

Coquardeau siégeait sur les bancs de la droite au palais Bourbon.

C'était même un vigoureux discours de ce Spartiate parisien qui avait provoqué *l'ordre du jour* dont je viens de parler.

Coquardeau, qui guignait le renouvellement de son mandat... et de ses *vingt-cinq francs,* ne papillonnait plus qu'en *caton... imini.*

A cette époque, Mabille prêta son emplacement à plusieurs réunions politiques, banquets patriotiques et fêtes de bienfaisance.

Dès 1845, celles-ci avaient été inaugurées à Mabille par un bal au profit des filles du journaliste Froment, rédacteur en chef et fondateur de *l'Écho des théâtres*, mort malheureusement à la fleur de l'âge.

Les commissaires ordonnateurs se nommaient E. DE CALONNE et H. DE VILLEMESSANT.

La fête rapporta 8 ou 10,000 fr.

*
* *

En même temps que l'Ordre à Paris, le Plaisir et le Commerce rentrèrent, bras dessus bras dessous, à Mabille.

*
* *

C'est l'avénement des

REINES DE LA SECONDE RACE.

Nadaud nous manque pour nous conduire.

Mais voici que passe Monselet, l'œil émerillonné d'une pointe de chambertin, la joue rubiconde, le ventre bedonnant et la jambe incertaine...

—Où allez-vous, monsieur l'abbé, avec ce petit jeune homme gros comme le poing, à la taille si fine, aux cheveux si blonds et si bouclés, à l'air si freluquet et si ingénu? En vérité, vous avez votre *jeune homme*, dom Charles! Celui-ci ressemble à la fois au printemps de Desgrieux et à l'automne de don Juan. Quel âge a-t-il? Une averse d'œillades tombe sur vous de toutes les femmes. Où allez-vous, monsieur l'abbé? Vous allez vous casser le nez.

—Celui-ci s'appelle M. DE CUPIDON, un gaillard qui a fait et qui fera encore son chemin dans le monde..... Ce dieu de qualité m'a choisi pour cornac. La soirée est douce et le ciel plein d'étoiles. Nous venons de dîner au Moulin-Rouge, et nous allons digérer en ce délicieux endroit de mauvais ton qui remplace, par la *mijaurerie* qui court, les tripots de la Fillon et de la Gourdan...

—Têtebleu! l'abbé, voulez-vous de moi pour compagnon?

Monselet ne répondit rien...

Mais il dodelina de la tête et barytonna du dos avec une bienveillance non équivoque.

Et il chantonna du bout des doigts sur celle de ses tabatières qui lui vient de la présidente :

Plus on est de fous,
Plus on est de fous,
Plus on rit.

Nota.—Lorsque Monselet fredonne de la voix ce vieux refrain de nos pères, il y introduit une variante... anacréontique.

II

—Tenez, nous dit l'abbé en les désignant du cigare, voici les majestés de 1850 à 1860. Voulez-vous que nous refassions *l'Histoire de dix ans?* Voici :

RIGOLETTE,

une superbe créature, —et pas de corset,— qui a dévalisé Eugène Sue pour se fabriquer une enseigne...

Elle vient du quartier latin : toutes en viennent.

Le personnage qui l'accompagne est un des premiers négociants de Paris. Je trahirais bien son incognito, mais ses associés auraient honte... Il est marié, cela va sans dire, et jaloux, oh! mais jaloux... de sa maîtresse! Il a hypothéqué la fidélité de celle-ci sur un immeuble dont il lui sert la rente... Elle croit pouvoir un jour disposer du capital... Contrat de dupes!

*
* *

Le pendant de Rigolette, c'est

Rose Pompon[1],

une fille mignonne et cendrée, qui a pillé *le Juif-Errant*...

Oh! elle lui a laissé ses *cinq sous!*

Mais elle lui a emprunté le sobriquet coquet et parfumé dont vous la voyez toute fleurie.

Rose Pompon fume comme une cheminée d'usine.

C'est en allumant son cigare qu'elle a incendié le vieux général de B...

Le général n'était pas assuré.

1. Rose Pompon II. Rose Pompon Ire, contemporaine de Pomaré, dont elle s'était, pour ainsi dire, instituée la soubrette volontaire, n'a vécu que ce que vivent les roses, l'espace d'un été.

*
* *

Cette autre, attifée avec tant de goût, c'est

MUSQUETTE,

un nez camard, un œil émoustillé, un coup de talon sans rival...

Avec deux lettres en moins dans le nom, d'aucuns croient reconnaître en elle l'héroïne d'un livre immortel...

Là-bas, au pays de bohème, Musquette vivait de l'air du temps. Les jours où un hareng saur voltigeait dans cet air-là étaient des jours de bombance.

A présent, elle mange de l'or à son ordinaire et boit les illusions des fermiers généraux de la rue Laffitte et des jeunes hobereaux du Faubourg-Saint-Germain.

*
* *

Une pièce du Palais-Royal, lestement

jouée par la petite Freneix, a européennisé le nom pimpant de

FRISETTE,

une brune charmante, aux cheveux ondés, qui a quelque chose de la créole dans la physionomie et dans le maintien...

Un étudiant, qui en était fou, lui disait un soir :

—Frisette, Frisette, je m'offre à vous tout entier !

—Mon cher, répondit la jeune fille, on vient de m'offrir une douzaine d'huîtres : c'est *onze* de plus, et il y a un citron par-dessus le marché.

*
* *

Voilà encore

AMÉLIE PANACHE,

une beauté fièrement vêtue, harnachée, pomponnée, secouant les perles à son cou, les bracelets à ses poignets, les dentelles partout, et qui joue de l'éventail et de la prunelle avec un art exquis...

Voilà

MARIONNETTE,

que j'ai inventée, —un jarret qui n'a pas son pareil pour la *scottish*...

Voilà les

QUATRE FILLES AYMON,

ainsi appelées parce qu'il leur sera beaucoup pardonné...

Elles renouvellent ici le succès d'association de SABRETACHE, de BAÏONNETTE, de CARABINE et de MOUSQUETON, —la panoplie dansante des anciens bals de l'Opéra.

Voilà mademoiselle

Pélagie,

un adorable vampire, qui ne compte plus les patrimoines qu'elle dévore, sans cesse entourée de gentillâtres titrés, mignarde, altière, ayant voiture...

Sambregoi! n'allez pas confondre cette Pélagie avec celle qui a longtemps enlaidi le destin d'un auteur dramatique à la mode, et qui s'écriait, en s'étendant amoureusement à ses pieds :

—O Théodore, je voudrais passer ainsi toute mon existence!

—Je ne demande pas mieux, riposta Théodore, mais est-ce que je serais obligé de rester là?

*
* *

Saluez, en passant, le quadrige des transfuges du Prado :

SÉRAPHINE,

dodue, entrelardée, succulente, une bartavelle à servir sur un plat d'argent;

PAVILLON,

qui trempe plus volontiers son museau dans un verre d'absinthe que dans une flûte de champagne; —une femme oxydée;

POCHARDINETTE,

don le nom seul est une excitation à l'intempérance, et

MISS FAUVETTE,

blanche comme un lait, blonde comme un soleil, souple comme une liane, qui fait cercle quand elle chante, cercle quand elle valse, cercle quand elle cause, cercle toujours...

Je demandais à Séraphine :

—Pourquoi venez-vous à Mabille?

—Parce qu'on y *éclaire* davantage.

*
* *

Permettez-moi de vous présenter comme bouquet, comme *troupeau*, devrais-je dire, les

SŒURS SOURIS,

qui pourraient porter leur gorge dans leurs souliers, et dont la nature épaisse et l'architecture... *romane* ne rappellent qu'imparfaitement le surnom gentillet, gracieux et trotte-menu...

Les sœurs Souris datent de la période hébraïco-égyptienne.

On raconte qu'un Pharaon les ayant aperçues en songe, elles et plusieurs autres membres inédits de la même famille, et ayant demandé l'explication de cette vision à son conseiller Joseph, aïeul de mademoiselle Lenormand :

—Seigneur, déclara celui-ci, vous pouvez dormir tranquille; il n'y aura pas de famine avant sept ans... Ah! si, au lieu des sœurs Souris, vous eussiez vu la petite Rosalba, Alice la Provençale, Alida, Andréa et mesdemoiselles X... de l'Opéra, Y... du Cirque et Z... de la Porte-Saint-Martin, c'eût été une autre paire de manches.

. . . .

. . . .

III

Qu'est devenu tout ce demi-monde?

*
* *

Rigolette plaide contre son négociant, —un procès qui menace de durer plus longtemps qu'elle;

Musquette vivote à Montmartre, sur ses amis et ses souvenirs;

Frisette s'est promenée à toutes les tables du café du Cirque, du temps qu'il y avait encore un boulevard du Temple...

Chose affreuse :

Elle prise!

Durandeau a osé la surnommer : PRISETTE!!

*
* *

On m'assure que Pélagie est en proie aux créanciers et aux *boursicoquins*.

On la rencontre parfois au café des Variétés, à minuit, l'heure des soupes aux choux!

C'est une des *furies de lansquenet* de la table d'hôte de Clémence.

*
* *

Un soir, Séraphine sortit sans chapeau...

Sans doute l'avait-elle oublié sur l'une des ailes d'un moulin..... de la Galette : —l'habitude est une seconde nature.

Il neigeait...

Il lui en est resté quelques flocons dans les cheveux.

Cette sénilité précoce, —coquettement accentuée d'un zeste de poudre,— donne à sa physionomie béate, potelée et souriante, un air de douairière du Faubourg-Saint-Germain et de chanoinesse du chapitre de Remiremont, que dérange un tantinet, par exemple, sa sempiternelle cigarette.

Elle tient, rue de Trévise, une table d'hôte où l'on est très-suffisamment nourri pour *quatre francs cinquante*,— café, piano et *mots* compris.

La volaille y est excellente.

Je ne dis pas cela pour les clientes de l'établissement.

*
* *

Pochardinette s'est rangée : elle a épousé une *succursale de la Belle-Jardinière*, et débite maintenant en province des paletots cousus avec des pains à cacheter.

*
* *

Miss Fauvette est morte, — morte brûlée !

Un jour d'été qu'elle s'envolait vers son amant, —radieuse de la robe d'étoffe printanière qui teintait d'incarnat son épaule lactée, —une perle avec une rose pour écrin,— une allumette, tombée de la fenêtre d'un café, enflamma tout d'un coup la robe,—la rose,—l'écrin !

Miss Fauvette expira à l'Hôtel-Dieu, après soixante-dix heures de souffrances...

Ceci est un *faits-divers* atroce.

*
* *

Pavillon a fini à la Salpétrière, —quartier des *gateuses*.

*
* *

On dit que les Souris n'ont pas mis de foin dans leurs bottes.

Aussi les mauvaises langues prétendent-elles qu'elles mourront de faim,— si leur embonpoint le permet.

Henriette, notamment, ressemble à Louis XVIII —par le bas.

On demande un M. du Cayla.

*
* *

A la suite d'une opération, —pas de Bourse,— sa sœur a acquis tout ce qu'il fallait pour devenir reine des Amazones.

*
* *

Quant aux autres, —depuis Louise la Balocheuse jusqu'à Mauviette; depuis Sarah la Juive jusqu'à Blondinette; depuis Sophie la Bavarde jusqu'à Fanchonnette Dandin...

Où sont-elles ?
Où la belle qui fut heaulmière !
Où les neiges d'antan !

CHAPITRE V

MABILLE EN 1863.

I.

LE DÉCOR.

Les soirs d'été, — le dimanche, le mardi et le samedi, — quand les Champs-Élysées d'aujourd'hui vivent de cette fièvre de lumière, de brouhaha qui ne s'éteint que bien après minuit ;

Quand un fleuve de voitures charrie vers le bois une débâcle de promeneurs entre deux rives de curieux ;

Quand, sous une nappe de gaz, les cigales en robe de soie susurrent la romance ou pépient la gaudriole au public des bouibouis-concerts ;

Quand le Cirque flamboie; quand les cafés rougeoient dans la nuit claire ; quand les mille boutiques, les mille jeux, les mille spectacles semblent de grosses lucioles éparses dans les gazons peignés, frisés et bichonnés ;

Quand au bourdonnement des carrosses sur la voie se mêlent la chanson des orchestres dans les massifs, et le gazouillement des eaux dans les bassins ;

Quand tous ces bruits divers se fondent harmoniquement dans le seul grand murmure de la foule enivrée de repos et de fraîcheur ;

Quand Paris enfin respire sous les arbres avec des grondements de soufflet de forge, — un soufflet qui attise la France dans la forge sociale où se martèle le progrès...

Allors, montez jusqu'au rond-point et tournez à gauche ;

Prenez l'allée des Veuves que l'on a baptisée *Avenue Montaigne,* depuis que les hôtels princiers y abondent ;

Apercevez-vous cette porte qui résume tous les styles à force de n'en avoir aucun, — ces lampions, — ces badauds, — ces sergents de ville, — ces équipages, — et toutes ces femmes qui mettent le cap sur le même point ?

Oui, n'est-ce pas ?

Très-bien.

Jetez *trois francs* au « *Cerbère crépu,* » et — suivez le monde !

*
* *

En face de vous s'allongent à perte de vue deux rangées d'ormes séculaires, dont les branches, — échevelées avec l'art d'une *jeune première* de drame à *l'acte de la folie,* — jettent de grandes ombres sur le sable jaune de l'allée.

Avancez!

Ces ormes, ces branches, ce sable, cette allée, cette avenue, tout cela, c'est de la toile, — une toile brossée par deux hommes de talent, par exemple!

L'illusion ne saurait être poussée plus loin.

Il faut, en vérité, poser le doigt dessus pour se convaincre que ce n'est qu'une peinture.

Combien de femmes à Mabille
Dont on ne peut en dire autant!

*
* *

Avancez encore.

Voici l'espace circulaire réservé aux opérations chorégraphiques.

Il est entouré d'une balustrade à hauteur d'appui, comme *la corbeille des agents de change* à la Bourse.

Un vaste promenoir est destiné, à l'entour, aux amateurs qui désirent rester dans la coulisse pour jouer sur les jambes publiques.

Au centre, un kiosque d'une chinoiserie de convention abrite l'orchestre.

Cette construction capricieuse est encerclée de palmiers dont les feuilles s'évasent en panaches, dont les fruits s'arrondissent en globes.

Le tronc de ces palmiers est en bronze.

Leur feuillage est en zinc.

Leurs fruits sont en verre de couleur.

Imaginez une nature en métal.

Tout y est doré du haut en bas.

*
* *

Avancez toujours.

Comme ces charmilles d'un vert sombre prêtent un fond complaisant à ces vases de marbre que le lierre entortille à demi !

Comme ces voûtes de feuillage s'arrondissent discrètement au-dessus des sentiers moelleux,—capitonnés d'une poussière étincelante qu'on croirait enlevée à l'aile des papillons !

Comme ces gazons de velours sont doux aux petites bottines de satin !

Comme ces tables engageantes, comme ces bancs ouvragés, comme ces boudoirs de verdure, comme ces cabinets de mousse attendent, favorisent, sollicitent les galants tête-à-tête, les escarmouches sentimentales et les conventions amoureuses !

Victor Mabille a fait de son jardin un microcosme complet où tout est en harmonie.

Il y a bien, par-ci, par-là, quelques

accessoires sortis des ateliers du bon Dieu, — un bouquet d'arbres, une touffe de fleurs sauvages, un bosquet de lilas!...

Oui, mais un jeu de bagues agrémente le bouquet d'arbres, un billard chinois corrige les fleurs sauvages, et une toupie hollandaise complète le bosquet de lilas.

Imaginez un milieu où puissent s'acclimater plus à l'aise la jolie société des femmes artificielles et le carnaval de l'esprit, des mœurs et des passions.

A l'aspect de cet opéra tangible et *praticable*, les caractères les plus froids, les plus prosaïques, les plus sèchement utilitaires n'ont pu se défendre contre le charme, la séduction et l'entraînement...

Pour moi, lorsque le gaz fait resplendir Mabille de toutes ses magies, je regrette amèrement d'avoir, au temps jadis, barbouillé, sur l'album d'une ingénue de Bobino, cette boutade en vers méchants et en méchants vers :

J'aime mieux à Bullier la gaîté qui frétille
Derrière un paravent de feuillage enlacé,
Que tes bronzes, tes ors, tes satins, ô Mabille!
Satins qu'on écrit par un *c*.

*
* *

II

LE PUBLIC.

A Mabille, j'ai entendu jurer dans tous les idiomes, — voir même en *Dennery,* un dialecte qui a ceci de particulier, qu'il ne se compose que de deux phrases et de huit mots : — *La croix de ma mère* et *Merci, mon Dieu!*

Les *sept* parties du monde, — j'ajoute la province et la banlieue, — s'y sont coudoyées dans la fraternité de la surprise et du baragouin.

Les *naturelles* de Mabille ne se sont

jamais plaintes de cette invasion des barbares.

Au contraire !

Toute cette partie du public mâle parlant très-difficilement le français, son premier soin est ordinairement de chercher une maîtresse de langues.

Or, ces demoiselles sont polyglottes.

*
* *

Un voyageur m'a raconté avoir rencontré, sur les côtes de la Nouvelle-Zélande, trois jeunes missionnaires anglicans qui s'en allaient bravement, la bible au poing, se faire *goûter* par les sauvages...

Le voyageur les salua, — en mauvais latin, — de cette question philosophique :

— *Mihi dicite, domini, in quâ parte istius mundi felicitatem locatis?*

Tous trois lui répondirent, — en excellent français.

Le premier :

— Dans la salle à manger du Grand-Hôtel.

Le second :

— Dans le boudoir de mademoiselle Judith Ferreyra.

Et le troisième :

— A Mabille.

*
* *

Les truchements officiels la connaissent bien, allez, eux, cette réputation cosmopolite du jardin de l'avenue Montaigne !

Aussi, sitôt que d'une contrée lointaine et *inédite*, il leur arrive à guider quelque envoyé extraordinaire, — Malgache, Algonqnin, Touareg, Siamois, Cochinchinois, Japonais, Annamite, — comme ils vous le dépêchent à Mabille !

Ils sont certains que l'étranger emportera de ce *zoological garden* de la galanterie parisienne une haute idée de la beauté des races européennes, des bienfaits de la civilisation et de la liberté dont on jouit en France... de lever le pied, — sans être, pour cela, notaire, agent de change ou banquier.

NOUVELLE A LA MAIN.

L'automne dernier, dans leurs excursions aux environs de Paris, les ambassadeurs annamites se faisaient traduire et expliquer toutes les enseignes.

L'un des plus considérables de ces diplomates d'outre-mer demanda, un jour, au capitaine A. ., principal interprète, ce que signifiaient quelques mots imprimés sur une pancarte, à la vitre d'un épicier.

Ces mots étaient :

BON VIN A EMPORTER.

Le capitaine expliqua à l'Excellence que quiconque achetait du vin dans cette maison pouvait le transporter chez lui, ou ailleurs, à sa volonté, et l'y boire dans un temps donné, suivant sa convenance, pourvu toutefois qu'il en eût acquitté le prix.

L'Annamite se montra très-satisfait — et très-préoccupé — de cette explication.

*
* *

La veille de son départ, notre ambassadeur se fit conduire à Mabille.

Il y avait remarqué précédemment une petite dame que ses façons accortes de faire au reste de l'univers les honneurs de *la capitale* ont fait surnommer *le guide de l'étranger dans Paris.*

Un traité de commerce fut débattu, — par signes, — entre elle et lui.

Comme bases de ce traité, la petite dame parla de *vingt-cinq louis*...

L'ambassadeur haussa dédaigneusement les épaules et tira de son doigt un diamant qui pouvait bien valoir une dizaine de mille francs...

Jugez si *le guide de l'étranger dans Paris* se précipita avec fureur sur cette occasion de renouveler son mobilier.

*
* *

Le lendemain matin, notre *Mabilienne* se réveilla, — dans les appartements de l'ambassade, — tout étonnée du calme exorbitant dans lequel elle avait passé la nuit.

Elle se leva, s'habilla, demanda une voiture et voulut prendre congé.

Mais l'Annamite, qui l'avait regardée faire, non sans une certaine surprise, la retint du geste et héla un interprète subalterne qu'il apostropha vivement.

Celui-ci, à son tour, interpella la petite dame :

— Son Excellence me charge de vous prévenir qu'elle daigne vous *emporter*...

— *M'emmener*, voulez-vous dire, mon brave homme ? — Très-bien. — Et où veut-elle m'emmener, s'il vous plaît ?... Faire des emplettes ou déjeuner au pavillon d'Armenonville ?... — Ça me va : allons-y gaîment !

— Nous partons dans deux heures pour le pays de mon maître...

— Quel pays ?

— Nangasaki, la ville sainte aux cent pagodes... Il faut près de trois cents soixante-cinq jours avant que d'arriver à ses murailles sacrées ; les lieues se comptent par milliers entre la terre de France et la nôtre ; les lieues sont longues, la vie est courte...

— Nangasa... Eh bien, qu'est-ce que cela me fait, à moi ?... Bon voyage !

Sur un signe de l'ambassadeur, l'interprète appuya gravement :

— Puisque mon maître vous *emporte*...

— Où cela ? Quand cela ? Pour quoi faire ?

— Avec lui, chez lui, pour lui.

La petite dame éclata de rire.

—A trois mille lieues!... Merci!... Elle est drôle, celle-là!... Ah! bien, vous êtes encore de jolis *cascadeurs*...

Et elle voulut sortir.

Les deux Annamites l'arrêtèrent.

— Allons, voyons, pas de bêtises ! s'écria-t-elle. Je la trouve mauvaise. Si vous ne voulez pas me donner à *becqueter*, laissez-moi m'en aller : mon amant m'attend aux Porcherons...

L'ambassadeur frappa sur un timbre.

Plusieurs serviteurs parurent et s'élancèrent sur la petite dame.

Celle-ci se démenait, comme un beau

diable, des pieds, des ongles et de la voix...

— Sacrebleu ! allez-vous me lâcher!... Mufles ! voyous ! goujats !... Porter la main sur une femme!... Au secours! à la garde! au feu!...

*
* *

Ce fut un tumulte effroyable.

Le capitaine A... accourut.

Et les voisins furent querir le commissaire, qui intervint suivi d'une brigade de sergents de ville.

*
* *

L'ambassadeur avait pris le capitaine à partie.

— *Bon vin*, répétait-il avec colère, *bon vin à emporter... J'ai acheté, j'ai payé et je veux consommer chez moi, dans un temps donné, suivant ma convenance...*

Le capitaine poussa un cri.

Il avait compris!

Oui, mais il lui fallut deux heures de

raisonnements, à lui et au magistrat, pour faire comprendre à Son Excellence qu'il n'en est pas, en France, des femmes comme du vin.

Puis, lorsqu'il eut été bien convaincu qu'il ne lui était pas permis de transporter de force, à Nangasaki, son acquisition de la veille :

— Partons, dit le noble étranger. Je ne veux pas rester plus longtemps dans un pays où les lois de commerce ne protègent l'acheteur que selon la nature des marchandises.

Tout ce que Paris compte d'écrivains, d'artistes et d'auteurs dramatiques fréquente Mabille.

J'y ai souvent rencontré, — entre autres, — Arsène Houssaye, Méry, Roger de Beauvoir, Reyer, Clapisson, Gustave

Doré, M. Fiorentino, Cham, Nadar, Cabanel, Champfleury, Baudelaire, Edouard Martin, Albéric Second, Léo Lespès, Claudin, Aubryet, Delaage, etc., etc., etc.

Privat d'Anglemont s'y hasarda, un soir, entraîné par quelques amis.

Ceux-ci s'amusaient à le faire passer pour un nabab déguisé.

Les biches s'émerveillèrent à l'envi de sa conversation et de son pantalon également décousus.

A la fin, l'une d'elle, moins crédule que les autres, lui posa carrément cette question :

— Ah ! ça, voyons, joli garçon, pas de *blague!* Qu'est ce que vous êtes !

— Qui je suis ? répondit Privat.

Je suis homme, madame, et malheureux *de [l'être...*

— Un homme *de lettres !* s'écrièrent

les biches en s'enfuyant, effarouchées : merci, *y n'en faut pas.*

III

LES ACTEURS.

Ce jeune homme, bronzé et crépu comme un More, qui semble si gêné dans sa cravate blanche, c'est

OLIVIER MÉTRA,

le chef d'orchestre... — Voici tantôt trois ans, Victor Mabille le découvrit dans une guinguette de barrière, où son talent végétait, faute d'un habit. — Non-seulement Olivier Métra conduit son orchestre avec une *maestria* remarquable, mais encore plusieurs de ses valses peuvent rivaliser avec les plus charmantes compositions de Strauss, de Bürgmuller et d'Arditi. Son nom ne tardera pas à devenir aussi populaire que celui de Pilodo.

*
* *

CAVALIERS SEULS.

La main aux hommes !

Ah ! seulement pour pouvoir impunément la leur offrir sans gant, il nous faudra remonter diablement haut dans le passé !

*
* *

Ohé ! ohé !

Dans un article à part, — parlons du grand

CHICARD...

Chicard est une illustration contemporaine, qui durera tout le temps qu'un costume spirituel pourra faire passer pour un homme d'esprit celui qui le porte.

Chicard a vu toute une génération se battre à l'entrée de son bal, chez Tonnellier, à la barrière du Maine.

Chicard a créé un type.

Ramassée par le crayon de Gavarni, son « *ignoble défroque* » a pris place au vestiaire où s'habille le carnaval du présent, où s'habillera le carnaval de l'avenir.

Nadaud l'a chanté.

Dans *les Français peints par eux-mêmes*, Louis Huart lui a consacré une douzaine de pages qui, de nos jours, signeraient un brevet d'immortalité à Fernand Desnoyers.

Il a donné la réplique à toutes les jambes célèbres.

Ses bonnes fortunes ont été plus nombreuses que les grains de grêle qui couvrent la surface du visage de Pilodo.

Tutoyé de tous, canonisé avant sa mort, ne pourrait-il pas attendre en paix, dans le calme et dans la retraite, cet instant suprême, qui est le mercredi des Cendres de la vie, — en répétant, avec le sage de La Fontaine :

Rien ne trouble *ma* fin, c'est le soir d'un beau [jour.

Mais non...
Qui a dansé dansera.

*
* *

Peut-être vous figurez-vous que Chicard n'a que cela à faire et que sa position sociale consiste à porter un casque de fer-blanc coiffé d'un plumeau, et attribué à M. Marty dans *le Solitaire*, des crispins, des bottes molles, un habit de marquis et un pantalon « *qui dimanche était blanc ?...* »

Point.

Chicard s'appelle *Levêque* de son vrai nom ;

Et de son véritable état, il est fabricant de cuirs, rue Mauconseil.

Ses affaires prospèrent. Toute la journée, on le voit besogner dans ses magasins.

Oui, mais on ne peut pas faire des cuirs le soir ; c'est un privilége que s'est particulièrement réservé l'honorable M. Billon.

Voilà pourquoi nous rencontrons encore Chicard à Mabille, — avec ses gros yeux ronds, sa perruque grise ébouriffée et sa sempiternelle grimace.

Autrefois, la grimace était jeune !...

Alas, poor Iorick!

*
* *

6

BRIDIDI

était un honnête fleuriste de la rue du Ponceau, petit, mais bien fait, gracieux, et d'une légèreté sans égale. Henri Heine a dit de lui :

« Sa pantomime est un persiflage spirituel de tout ce qu'il y a de plus saint dans la société : la loi et l'amour. »

Brididi eut, à Mabille même, les honneurs de la contrefaçon : ne signalons *le faux Brididi* que pour le livrer à l'exécration de la postérité et à l'émulation des tragédistes qui voudraient doter l'art d'un pendant au *Faux Smerdis.*

*
* *

PRITCHARD,

affublé de ce sobriquet, soit eu égard à sa physionomie roide, compassée, puritaine, qui le faisait ressembler à l'heureuse victime de l'indemnité de Taïti, soit en raison de la bienveillance toute spéciale dont la reine Pomaré paraissait l'honorer, exerçait les graves fonctions de répétiteur de philosophie dans je ne sais plus quel collége.

Long comme un jour sans tabac, pointu comme un paratonnerre, drapé de noir comme un catafalque et gai comme un *de profundis*, Pritchard amusait le public par le sérieux imperturbable qui présidait à ses cabrioles. Tandis qu'il gesticulait, muet, mélancolique, impassible, la galerie avait l'habitude de chanter cette poésie fugitive, attribuée à M. Odilon Barrot :

C'est le Breton Pritchard,
Rencontrant Dupetit-Thouars :
Vainqueur de Taïti,
Qui lui dit : J't'haïs-ti.
Larifla fla-fla, etc., etc.

*
* *

GOLIATH,

baptisé ainsi par antiphrase, — il n'était guère plus grand qu'une canne de Paulin Lymairac, — et

TORTILLARD,

un jeune homme riche, élégant et du meilleur monde, égaré sous ce sobriquet tiré des *Mystères de Paris*, complétaient le nombre des tibias fameux, à Mabille, sous la première race.

Goliath, joli clerc d'huissier, expliquait le Code à sa danseuse dans l'intervalle des figures du quadrille.

Il est maintenant avoué dans la banlieue.

Tortillard, enlevé par sa famille, est

retourné en province planter ses tulipes.. orageuses.

*
* *

Depuis ces réputations consacrées par l'histoire, aucun sauteur mâle ne s'est élevé, à Mabille, au-dessus du vulgaire par l'audace de ses entrechats.

On a bien parlé de *l'Asticot* et de *Colibri...*

Eheu! bassa latinitas! dirait Gringoire.

Après avoir débuté avec succès à l'avenue Montaigne, à l'hôtel d'Osmond et au Casino de la rue Cadet, Colibri, — un petit bonhomme à tête de chat et à esprit de singe, — a subitement déserté la chorégraphie pour le courtage des plumes...

Le bon Dieu l'a puni :

Il s'est marié!

Et à Belleville encore!

IV

LES ACTRICES.

Premier aphorisme.

La femme des bals publics est un seul et même livre qui change de titre selon les circonstances, — semblable à ces romans que certains éditeurs débaptisent et rebaptisent *ad libitum*, afin de les faire avaler une fois de plus par la foule dans les petits journaux à un sou.

*
* *

Deuxième aphorisme.

A Mabille, le livre est toujours relié en veau.

*
* *

LES MABILIENNES.

de 1863 se subdivisent en plusieurs catégories.

*
* *

LA DINDE.

*
* *

La Dinde ne danse jamais.

Elle est subventionnée par un monsieur *qui a le sac* ou frétée par une société en commandite au capital de plusieurs centaines de mille francs.

Elle a de grands appartements, sinon un hôtel tout entier; une cuisinière, un groom, une femme de chambre, sinon un domestique complet.

Son coupé, son *panier à salade* ou son *huit ressorts* l'attendent à la sortie.

Elle porte des diamants retour de l'Inde,

Un cachemire qui a fait ses preuves chez Biétry,

Des dentelles qu'un financier *de ses anciens* lui a envoyées de Bruxelles,

Un chapeau orné d'un marabout plus authentique qu'Abd-el-Kader,

Et une robe dont le prix de façon ferait vivre un ménage d'ouvriers pendant six mois.

Lorsque *Monsieur* ne l'accompagne pas, —*Monsieur* est marié parfois, ou bien il *a des convenances à garder,* — elle est en pendeloque au bras de son amant de cœur, —un jeune homme riche qu'elle ruine ou un jeune homme pauvre qu'elle déshonore.

Lorsqu'elle est seule, soyez certain qu'elle a perdu la veille au lansquenet, —ou qu'un bijou impossible lui fait de l'œil à la vitrine de Janisset, —ou bien encore qu'elle a à régler le lendemain les années de nourrice d'une grande fille qu'elle a eue de *son premier*, avant son entrée dans le monde...

Abordez-la alors, —si vous venez de faire un héritage.

*
* *

Axiome culinaire.

La Dinde ne se mange que truffée... de truffes prises chez le changeur.

*
* *

J'en ai connu une qui était en train de dévorer à la crapaudine deux ou trois membres du Jockey-Club, et qui venait grignoter à Mabille des employés à deux cents francs par mois.

—Ce sont mes cure-dents, disait-elle.

*
* *

Une autre, qui avait vingt mille livres de rentes, s'était fait une loi d'emporter quelques louis de Mabille toutes les fois qu'elle y venait *pour tuer le temps*.

Cet argent mignon était soigneusement serré par elle dans une tire-lire.

—Ce sera, affirmait-elle, pour racheter mon fils de la conscription.

V

LA SOLITAIRE.

J'aime mieux Mandrin que Tartufe.

Défiez-vous, à Mabille, de la femme *solitaire*, qui ne regarde personne et qui peuple de ses airs d'honnêteté les allées les moins fréquentées, les charmilles les plus désertes.

J'en rencontrai une, dans ce style-là, l'autre année.

Elle avait l'aspect régulier, propre

et décent d'un feuilleton de Louis Ulbach.

J'essayai d'engager la conversation.

Hélas ! je fus reçu comme un bœuf dans un magasin de porcelaines. Offres de rafraîchissements, de bouquet, de bibelots, rien n'y fit. Elle avait une vertu à l'épreuve du souper.

A la sortie, je revins à la charge.

— Madame, daignerez-vous accepter une voiture ?

— J'en ai une, et je préfère aller à pied.

— Prenez mon bras, alors... Une femme ne peut marcher ainsi seule dans la nuit.

— J'habite à deux pas... Laissez-moi, je vous prie.

— Donnez-moi, au moins, votre adresse...

— Je ne reçois personne.

— Reviendrez-vous à Mabille ?

— Jamais.

— Mais où vous reverrai-je ?

— Nulle part. Je suis mariée et j'aime mon mari... Encore une fois, monsieur, quittez-moi, ne me suivez pas, ne cherchez pas à pénétrer qui je suis, et, à ce prix, une reconnaissance éternelle...

Elle pleurait à verse.

Moi, j'ai toujours cru que ces choses-là étaient arrivées...

Je saluai, — et je m'en fus coucher.

*
* *

Le lendemain, à mon petit lever, un *commissionnario*, comme on dit dans *la Traviata*, me remit un billet ainsi conçu :

« *Monsieur*,

« *On a été sensible à votre discrétion, et l'on veut vous remercier.*

« *A cinq heures, une voiture stationnera au coin de la rue du Cirque.*

« *Une main passera par la portière et attendra la vôtre qu'elle veut serrer avec gratitude.* »

*
* *

Le billet était parfumé d'ambre et scellé d'armoiries infiniment compliquées.

— Mordioux! m'écriai-je, il ne faut jamais désespérer des femmes.

*
* *

A cinq heures, j'arrivais rue du Cirque et je faisais irruption dans la voiture, d'où s'échappait un essaim de petits cris de frayeur.

*
* *

A *minuit moins un quart*, mon *train de plaisir* s'arrêtait en face de l'obélisque.

Il avait mis *sept heures quarante-cinq minutes* pour aller des Champs-Élysées au châlet des Iles.

Par une portière, mon inconnue s'envolait.

Par l'autre, je sautais gaiement, — si fier, que j'aurais volontiers décroché une étoile pour allumer mon cigare.

En attendant, je cherchais de l'œil un café pour prendre une chope : c'est étonnant comme le bonheur altère.

*
* *

Quelqu'un me harponna par la basque. C'était le cocher.

— Hé, bourgeois, vous m'oubliez...

— Pardon, mon brave, qu'est-ce que je vous dois ?

— *Cent trente-sept francs cinquante.*

— Hein ? quoi ? qu'est-ce que vous dites ?

— Je dis *cent trente-sept francs cinquante*, bourgeois, et le petit pourboire, si vous êtes content...

— Vous êtes fou ! A quelle heure vous a pris cette dame ?

— Cette dame m'a pris avant-hier, et, ce matin, je lui ai prêté deux louis pour s'acheter un chapeau et vingt-cinq francs pour déjeuner avec un cent-gardes... Elle a filé, je ne connais que vous...

Aboulez les monacos, ou sinon, chez le commissaire !...

Méfiez-vous de LA SOLITAIRE.

LA GRUE.

Elle se résume en cet axiôme :

Le persil, qui fait mourir les perroquets, fait vivre les grues.

La danseuse mérite un chapitre spécial. Nous allons le lui consacrer.

CHAPITRE VI

COURS DE DANSE ET DE DANSEUSES.

I

De ce ton pathétique dont on a beaucoup ri et qui allait si bien à sa mine importante, le grand Vestris disait un jour à l'un de ses disciples :

— *Un grand danseur doit être vertueux.*

Cette maxime peut être acceptée en politique, en littérature et en philosophie,

—surtout si nous considérons MM. Guizot, Sainte-Beuve et Cousin.

Mais je la déclare absolument fausse, erronée et condamnable en toute autre matière.

On ne me persuadera jamais, par exemple, qu'il faille être d'une vertu bien pure, bien intense et bien désintéressée pour remuer durant tout un hiver ses pieds chaussés de vernis sur le parquet ciré des salons...

Les jeunes messieurs, montés sur cravate blanche, qui fatiguent ainsi pendant un nombre indéterminé de quadrilles, de valses, de polkas et de cotillons, ont un but évident, quoique caché dans les profondeurs de leur habit noir :

Celui-ci veut se faire infliger la croix ;

Celui-là guigne une sous-préfecture ;

Un troisième a, pour souper hors de chez lui, des raisons d'économie sociale ;

Cet autre enfin cherche à *lever* une dot qui lui permette d'entretenir à la fois son étude, sa maîtresse et ses passions..

Leur danse n'est que de l'égoïsme.

*
* *

Je ne pense pas non plus que la vertu, recommandée et prônée par le *diou* Vestris, soit de rigueur essentielle dans l'exécution de la danse en honneur à Mabille...

Cette danse est LE CANCAN NATIONAL dans tout son épanouissement, dans toute sa force et dans toute sa splendeur.

*
* *

Le *cancan* est éminemment français.

Chez un peuple comme le nôtre, aussi léger de corps que d'esprit, il devait être, —et il est en effet,— plus qu'un goût, un besoin; plus qu'un sentiment, une passion; plus qu'une science, un art.

Comme le besoin, comme la passion,

comme l'art, il échappe à l'analyse, au raisonnement, à la délimitation.

On ne le commente pas, on ne l'explique pas, on ne le borne pas.

Il est infini et indéfini, inexprimable et insaisissable...

Excepté par le sergent de ville.

*
* *

C'est entre 1836 et 1840 que le *cancan* se substitue officiellement à la *chahut* sur les hauteurs du pays latin.

La *chahut*, —qu'on me pardonne ce mot, qui salit la bouche et la plume,— est au *cancan* ce que le tabac de caporal est au cigare de la Havane, ce que mademoiselle Boisgonthier est à la Vénus de Milo, et ce que le patois de MM. Scribe, Legouvé et Laya est à la langue de Molière, de Racine et de Beaumarchais.

Bientôt tout Paris chante en descendant le boulevard Montparnasse :

Messieurs les étudiants, montez à la Chaumière,
Pour y danser l'*cançan*...................

Le gouvernement de Louis-Philippe entreprit de morigéner le *cancan* par la poigne de ses municipaux et de ses sergents de ville.

Il eut tort.

La nation, qui avait fait si bon marché de ses libertés au dedans et de sa considération au dehors, se réveilla, se roidit, se révolta dès qu'il s'àgit de ses entrechats et de ses pirouettes.

Le *cancan* devint une danse *d'opposition*.

Et le *bal Chicard* fut une protestation sautée contre les lois de septembre, les fortifications de Paris, l'indemnité Pritchard et les procès jugés par la Chambre des pairs.

II

On a dit, — et c'est Vestris encore, je crois :

— Que de choses dans un menuet !

Si j'en juge par les transports des contemporains, que de choses dans un *balancé* de Mogador, dans une *chaloupe* de Maria, dans un *en-avant-deux* de Pomaré, — de Pomaré, surtout, dont le talent a été mis en feuilletons dans *le Courrier des Théâtres*, dans *la Silhouette*, dans *le Charivari*, voire même dans *la Presse* et dans *le Constitutionnel*, et sur laquelle Théodore de Banville, déjà souffrant des pertes d'enthousiasme qui débilitent si cruellement son tempérament poétique, a répandu les vers suivants :

Elssler ! Taglioni ! Carlotta ! sœurs divines,

Aux corselets de guêpe, aux regards de houri,
Qui fouliez, en quittant le carton des collines,
Le splendide outremer d'un ciel de Cicéri!

O reines du ballet, toutes les trois si belles,
Qu'un Homère ébloui fera nymphes un jour,
Ce n'est plus vous, la danse : allons, coupez vos
[ailes.
Éteignez vos regards : ce n'est plus vous, l'a-
[mour!

C'est notre Pomaré, dont la danse fantasque,
Avec ses tordions frissonnants et penchés,
Aiguillonne à présent, comme un tambour de
[basque,
Les rapides lutteurs à sa robe attachés.

La grande préoccupation des *Mabiliens* et des *Mabiliennes* de cette génération consiste à éviter l'intervention armée de l'Etat dans leurs plaisirs.

En effet, sitôt qu'une pointe de brodequin émerge d'une robe, sitôt qu'un coin de mollet apparaît dans le nuage blanc des jupes amidonnées, — la crinoline n'existe pas encore, — on voit se lever l'inspecteur et accourir *la morale en pompon*...

Le quadrille d'alors est une piaffe serrée et concise, une ondulation serpentine, un balancement gracieux et voluptueux, pleins du *salero* espagnol, de l'électricité créole et de la morbidesse italienne :

Les yeux brillent,
Le sourire brûle,
Les épaules frémissent,
Le buste palpite,
Les hanches saillissent,
Les reins se tordent.

Il n'y a pas jusqu'aux plis du vêtement qui, disposés avec un génie suprême autour du corps dont ils moulent les trésors, n'aient des lignes, des froufrous, des rayonnements à allumer la neige comme du salpêtre et à faire sauter un glacier comme une poudrière !...

Il est vrai que, souvent, cette éloquence de la physionomie, du geste et du jupon entraîne nos danseuses au violon.

On sait que les premiers frais de la maison d'Adèle C... furent faits par le prince de X..., l'un de nos plus grands noms et de nos plus riches propriétaires fonciers.

On interrogeait Adèle sur l'origine de cette liaison.

— Mon Dieu, dit-elle, si, un soir, à Mabille, voilà quinze ans de cela, je n'avais pas désobligé le gouvernement par une pastourelle anti-municipale, il est certain que je serais restée toute ma vie ce que j'étais alors : une petite ouvrière faisant le lundi toute la semaine... Heureusement, je rencontrai M. de X...

— Au bal ?

— Non, au violon du poste de la rue Chaillot. Ce violon-là a été l'instrument de ma fortune.

III

A la retraite des reines de la seconde dynastie, le *cancan* chôme et périclite.

Faut-il attribuer cette décadence à l'invasion de la chorégraphie d'outre-Rhin, —*polkas* au rhythme capricant, *mazurkas* sonnant le cliquetis des éperons madgyares, *redowas* douces comme des *lied*, — ou à l'importation anglaise du quadrille *des Lanciers*, le verbe *se saluer*, conjugué avec les jambes ?

C'est ce que je n'oserais préciser.

Puis, voici qu'en 1859, *Mané*, dans l'*Indépendance belge*, s'imagine avoir inventé

Oui, comme Alexandre Dumas découvrit la Méditerranée.

Ou comme *il signor Vespuccio* découvrit l'Amérique...

Et avec des conséquences identiques.

*
* *

Rigolboche constitue l'une des trois plus grossières erreurs de la génération contemporaine. Les deux autres sont Léotard et M. Renan.

D'un coup de sa grosse vilaine patte à faire rougir la reine Pédauque, elle a chassé de la chorégraphie *la grâce*, *l'expression*, *l'esprit*, pour les remplacer par *la difficulté*.

Ah ! *la difficulté !* Le mot du siècle !

Voltiger de trapèze en trapèze,

Prouver qu'un Dieu n'est qu'un simple particulier,

Et faire se pâmer six cents imbéciles, — indigènes et exotiques, — devant une paire de genoux cagneux :

Tout est là.

*
* *

Lorsqu'un peu de danger pimente *la difficulté*, le public n'en est que plus aise.

Voyez Crockett et ses lions.

Voyez Nadar et *le Géant*.

Voyez les pas *du Moulin à café* et *du Démêloir*.

On m'assure qu'un Anglais suit mademoiselle Finette de bal en bal.

Il a parié que, l'un de ces soirs, cette intéressante jeune personne se fendrait du caleçon au chignon en exécutant *le grand écart*.

Et il se propose d'en acheter les morceaux, afin d'en faire cadeau au *British-Museum*.

*
* *

Soyons juste, pourtant :

Mabille est à peu près pur de Rigolboche.

Mais *l'école* de celle-ci y fait florès.

Passons rapidement en revue les *cheffes* de cette *école.*

Aussi bien cette revue intéressera peut-être autant le lecteur qu'une étude sur l'oïdium et sur les charançons, ou que *les Quarante médaillons de l'Académie*, par M. Jules Barbey d'Aurevilly.

CHAPITRE VII

REINES MODERNES.

Alice la Provençale.

C'est une brune à teint d'ivoire,
Avec des reflets de sequin,
Qui nage dans des flots de moire
Comme sous la lame un requin.

Dans un nuage de poussière
D'un coup de mistral ameuté,
Un beau jour, sur la Cannebière,
Elle prit naissance en été.

Aujourd'hui, sa jambe minaude
Sous les lustres du Casino ;
Chacun de ses pas est une ode,
Mogador double Camargo.

Elle est reine, de par sa hanche,
Son pied, son bras rose et ses reins,
Dont la ligne ondule et se penche
En courbes à damner les saints.

Mordioux ! alors qu'elle ramasse
Ses jupons pour la cachucha,
L'Américain fond dans sa glace
Et l'Espagnol dit : « *Caramba !* »

Elle est agaçante et mutine,
Et nous la verrons, quelque jour,
Moucher du bout de sa bottine
Saint Jacque enrhumé sur sa tour.

Elle a diamants, plumes, guipure,
Un journaliste, un ouistiti,
Et des salons qu'elle inaugure
Pour faire enrager Disdéri.

....
....
....
....

*
* *

Au repos, la physionomie d'Alice la Provençale ne dit rien ; la femme n'en pense pas davantage. Mais sitôt que gronde l'artillerie du quadrille, son œil s'allume, ses cheveux frémissent, son front se dresse... Sa chorégraphie, toute d'improvisation, a des dislocations inouïes et des clowneries inénarrables. Ses amies prétendent qu'elles se maquillaient avant sa naissance. Ceci tendrait à prouver qu'Alice n'a pas inventé la poudre — de riz.

Elle donna soirée, il y a deux ans, en ses appartements du boulevard du Temple.

Dans la journée, on agita la question de savoir si l'on placerait à la porte deux ifs chargés de lampions ou un municipal à cheval.

On consulta *l'amphitryonne.*

— Mes enfants, dit celle-ci, faites comme vous l'entendrez ; mais moi, je voudrais deux ifs *à cheval.* Mes moyens me le permettent, *troun de l'air !*

*
* *

Finette

a une petite tête délicieusement moqueuse, avec des yeux de velours épinglé et une peau couleur café au lait, dont la matité est à propos relevée par une ou deux *assassines* naturelles. On la croirait créole, et on le lui a dit si souvent, qu'elle en est absolument persuadée.

—Si je suis créole? s'écriait-elle, cet été, à Mabille, certainement que je suis créole... — D'abord, je me suis fait expliquer ce que c'était : une créole, c'est la fille d'un noir et d'une blanche, n'est-pas?... Eh bien, ma mère avait épousé un charbonnier.

Les *écarts* de Finette sont passés en démonstration dans les salles d'armes.

Les prévôts disent maintenant :

— Fendez-vous comme Finette, et relevez-vous de même.

*
* *

ROSALBA

est une petite marquise de *quinze onces*, plate comme un article de M. de Biéville et blanche à l'instar d'un as de pique. Sa laideur est intelligente. Ses jambes ont l'embonpoint de deux fuseaux, mais comme elle en tricotte! Rosalba *pose*. Quand elle danse, elle se mire et s'admire dans ses souliers, non moins décolletés que ses pas. Ses *tremoli* de reins, son *ballon*, ses *pointes*, ses effets de robe bouffant aux hanches et de jupons froissés à la Petra-Camara, sa mimique provocante, en font l'une des cabrioleuses les plus curieuses à voir. On lui demandait, un soir qu'elle menait en laisse un Brésilien de bois d'ébène :

—Pourquoi diable as-tu pris un nègre pour amant?

Elle répondit :

—Mes enfants, parce que je suis en deuil.

*
* *

Le menu fretin des gagne-petit de Mabille, — Rigolblague, la Toquée, Louise Raoul, Voyageur, Irma Canot, Aimée, Fantine, Isabelle la Blonde, Alice, Mathilde Pyrame, le Bébé, l'Aztec, etc., etc., etc.,— pâlit, s'atténue et s'efface devant le grand *trium-féminat* que je viens d'indiquer.

Toutefois, je ne veux pas terminer ce crayon, — destiné à aider nos neveux dans leur appréciation de cette partie du siècle, — sans toucher ici quelques mots du

CAS DE MADAME ANDRÉA.

Vous connaissez *le cas de M. Valdemar* dans Edgard Poë, n'est-ce pas?

Cette histoire extraordinaire a trouvé son pendant.

Madame Andréa, —dont il est question dans Suétone, — était l'amie de cœur d'un proconsul d'Héliogabale à Massilia.

Elle mourut dans cette vil'e d'une maladie qui nous est inconnue, voici bientôt QUINZE CENTS ANS.

Mais avant d'expirer elle avait été endormie du sommeil magnétique par un devin fameux nommé Henri Delaage.

C'est sous l'empire de ce sommeil

qu'elle a traversé les siècles et qu'elle s'est perpétuée jusqu'au Mabille de 1863.

Pour Dieu, ne la réveillez pas !

ÉPILOGUE.

On lit dans *le Droit* du 1er avril 186*** :

« Hier matin, les ouvriers occupés à arracher les arbres de l'ancien jardin Mabille pour le percement de la rue Projetée ont découvert dans un fourré une femme qui semblait profondément endormie près d'une table sur laquelle se trouvaient placés un verre de punch, un moule à cigarettes et un numéro de *l'Époque*.

« Cette femme, complétement dénuée de crinoline, était vêtue d'une robe de soie bleu clair, drapée d'un cachemire français et coiffée d'une capote rose en crêpe de Chine.

« Interpellée par un sergent de ville, elle a déclaré :

« S'appeler *Bathilde de Saint-Pharamond*,

« Exercer la profession de rentière,

« Demeurer rue Fontaine-Saint-Georges, dans une maison qui n'était pas encore numérotée,

« Et s'être endormie là, la veille, au bal, en attendant un pair de France qui devait la conduire finir la soirée au Ranelagh ou aux *Arènes italiennes*.

« Frappé de l'incohérence de ces réponses, le sergent de ville l'a sommée de le suivre au bureau de police, et, sur son refus, on a dû requérir la force armée.

« En apercevant les bonnets à poil des gendarmes du poste du Palais de l'Industrie, cette femme s'est écriée :

« —Tiens! les grenadiers de la garde nationale! Vive la réforme!

« Un assistant lui ayant fait remarquer que ce n'était pas là la garde nationale, elle s'est mise à crier:

« —Vive la ligne!

« Sur l'observation d'un autre spectateur que ce n'était pas non plus la ligne, elle a paru tomber dans une perplexité profonde.

« Elle s'est pourtant laissé emmener sans résistance, et en chantant sur un vieil air :

Guizot, voyant l'orage
Faire un *grand ouragan*,
Dis: J'crois qu'il serait sage
D'faire un *p'tit tour à Gand.*
Larifla fla fla, etc.

« Dans la grande allée des Champs-Élysées, ayant rencontré madame la marquise de R... qui s'en allait à sa voiture, elle l'a apostrophée :

« —Ohé! Follembûche, viens-tu me réclamer?

« Puis, comme cette dame passait sans regarder, elle a ajouté :

« —Nous avons cependant rudement fait la noce ensemble...

« Chez le commissaire de police, une scène d'un autre genre a eu lieu.

« Ce magistrat était en conférence avec l'honorable baron C..., maire du XXXe arrondissement.

« Cette femme leur a sauté au cou avec effusion.

« Elle appelait l'un *Coquardeau* et l'autre *Arthur*.

« Le commissaire l'a fait écrouer au dépôt, d'où elle a dû être dirigée ce matin sur la Salpétrière. »

TABLE DES MATIÈRES

Paris.—Imprimé chez Bonaventure et Ducessois, quai des Augustins, 55.

EN VENTE

CHEZ TOUS LES LIBR

Ces petites Dames du Théâtre in-32, accompagné d'une pho trice, par Franck..........

Les Pieds qui r'muent, Ba Danseuses de Paris, 1 vol. compagné d'une photograp dar.......................

Ces Dames du Casino, 1 vol. gr

Mémoires de Rigolboche, 1 v accompagné d'une photogra boche.......................

Les Cocottes, 1 vol. grand in- d'une photographie par Carj

Paris. — Imprimé chez Bonaventu

www.ingramcontent.com/pod-product-compliance
Ingram Content Group UK Ltd.
Pitfield, Milton Keynes, MK11 3LW, UK
UKHW012043240726
13965UKWH00003B/1014

9 782013 040761